L'ACADÉMIE FRANÇOISE SOUS LA PROTECTION DU ROY.

A PARIS,
Chez SEBASTIEN MABRE-CRAMOISY, Imprimeur du Roy, ruë Saint Jacques, aux Cicognes.

M. DC. LXXIII.

A MESSIEURS DE L'ACADÉMIE FRANÇOISE.

MESSIEURS,

Le zele avec lequel je vous presente ces Vers sur la protection dont nostre Grand Monarque vous honore, me fait esperer que vous ne leur refuserez pas la vostre. Un peu de retardement les ayant empesché d'estre receûs à la dispute du prix, je tire cét avantage de leur exclusion, qu'elle me donne lieu de vous les offrir comme une pure marque de mon reſpect, & les purge de ce mélange d'ambition dont on auroit pû les ſoupçonner, s'ils avoient eſté admis à l'examen. Je n'ay garde, MESSIEURS, d'appeller cette excluſion une diſgrace: bien que je me fuſſe préparé à tenir ma partie dans le concert de vos loüanges, je me conſole aiſément de n'avoir pû rompre le ſilence plûtoſt. Parmi les acclamations que vous avez receûës de tout coſté, une voix foible comme la mienne n'auroit pû ſe faire entendre, ſi elle s'eſtoit mêlée avec les autres. De quelque ſuccés que le DUEL ABOLI puſt flater L'ACADEMIE PROTEGE'E, je n'ay pas dû croire que ces ſortes de téméritez fuſſent toûjours heureuſes. Il n'en eſt pas de meſme de celle que je fais paroiſtre en vous adreſſant cette piéce; mon unique but eſt, de faire voir que la Muſe que vous jugeaſtes digne de vos lauriers, il y a deux ans, ne s'eſt point tûë dans une ſi belle occaſion, de publier ſa reconnoiſſance envers voſtre illuſtre Compagnie. Quoy-que mon Ouvrage n'ait rien de conſidérable que ſa matiére, j'oſe me perſuader que voſtre bonté & mon intention vous feront agréer la liberté que je prens de vous le dédier, & de me dire,

MESSIEURS,

Voſtre tres-humble &
tres-obeïſſant ſerviteur
DE LA MONNOYE.

L'ACADÉMIE FRANÇOISE SOUS LA PROTECTION DU ROY.

ELEBRES *Nourrissons des Filles de Mémoire,*
Qui pesez le mérite, & dispensez la gloire,
Cygnes mélodieux du rivage François,
Dont une triste mort n'emporte point la voix,

Mais dont la voix plûtost de loüanges suivie,
Donne ensemble & reçoit une immortelle vie,
Redoublez vos concerts, & d'un commun effort
Exprimez aujourd'huy vostre juste transport.
*Si d'*ARMAND *autrefois les oreilles propices*
Firent de vos chansons leurs plus cheres délices ;
Si SEGUIER *animé d'un exemple si beau*
Vous parut un ARMAND *revenu du tombeau:*
LOUIS, *le seul espoir qui restoit au Parnasse,*
De ces deux Protecteurs daigne remplir la place,
Et vous fait retrouver, par un retour charmant,
La douceur de SEGUIER, *& le zele d'*ARMAND.
De cét Astre benin la féconde influence
Dans le sacré vallon produira l'abondance:
A son heureux aspect cent ouvrages divers
Feront de vostre nom retentir l'Univers ;
Et pareil à ce Dieu, dont il fait sa devise,
Qui selon les climats ses largesses divise,
Les épics aux guerets, les raisins aux côtaux,
Icy pousse des fleurs, là forme des métaux,
LOUIS, *dardant sur vous cent vives étincelles,*
Remplira vos esprits de cent beautez nouvelles,
Saura de ses regars partager les bienfaits,
Et selon le talent conduire leurs effets.

Echauffé des rayons d'un ſi puiſſant Génie,
L'un chérira des vers la nombreuſe harmonie,
Et leur donnant ſans peine un tour ingenieux,
Du langage François fera celuy des Dieux.
L'autre fuyant la Muſe en ſes bornes preſſée,
Dans un plus libre eſpace étendra ſa pensée;
D'un ſtyle pur & doux enchantera les cœurs:
Ses mains pourront changer les épines en fleurs,
Et l'art le plus obſcur, la plus morne ſcience
Viendront en ſes écrits enſeigner l'éloquence.
Cét inſigne travail ſi long-temps deſiré,
Mais depuis vingt moiſſons preſque deſeſperé,
Ce Treſor, de nos maux riche dépoſitaire,
Du Parnaſſe François Oracle néceſſaire,
Ce fertile Treſor, aprés un long détour,
J'oſe icy le prédire, enfin verra le jour.
Phebus luit: c'eſt aſſez, ſa brillante carriére
Raméne le travail avecque la lumiére:
Tout agit, tout s'empreſſe, & les ſoins aſſidus
Réparent les momens que la nuit a perdus.
Entre tous ces projets dont les vivantes marques
Affranchiſſent les noms de l'empire des Parques,
Dans un ſi vaſte champ de ſuccés inoüis,
L'Hiſtoire offre ſes vœux au genereux LOUIS.

Elle à qui si souvent l'interest ou la crainte
Preste en faveur des Rois le secours de la feinte,
Libre, & pleine en nos jours d'une juste fierté,
Pour plaire, n'a besoin que de la verité.
La Fable sans employ honteuse se rebute:
Que peut-elle inventer que LOUIS *n'exécute?*
On le voit à Minerve errante en divers lieux
Marquer dans son palais un sejour glorieux,
Tandis qu'aux Champs de Mars, dans l'horreur des alarmes,
De son palais luy-mesme il ignore les charmes.
On le voit au plaisir préferer le devoir,
Accorder la clémence au suprême pouvoir,
A la sage conduite une vigueur soudaine,
Grand Roy, vaillant Soldat, & prudent Capitaine.
Il protége le foible; il domte le mutin;
Des peuples, comme il veut, il change le destin.
Flamans, vous le savez: & toy, fiére Province,
Dont le jaloux orgueïl osa braver ce Prince,
Tu le sais; tes rampars n'ont pû te garantir
Du foudre que tes yeux à-peine ont vû partir.
Tu tombes, & l'effroy de ce revers étrange
Interrompt le tribut que t'envoyoit le Gange.
L'Inde a tremblé du coup, & l'Hydaspe étonné
Frémit encore au bruit de l'Issel enchaîné.

On

On verra deſormais ta flotte plus ſoûmiſe
Craindre, juſqu'au Levant, la Seine & la Tamiſe,
Nos vaiſſeaux dans nos ports revenir plus chargez,
Ton audace abatuë, & les Princes vengez.
O vous, dont à l'envy les mains ſont déja preſtes
A tracer de LOUIS *les fameuſes Conqueſtes,*
Lors que vous graverez ſon nom dans vos écrits,
Que vous aurez d'honneur, beaux & rares Eſprits!
En luy, par un accord auſſi noble que juſte,
Vous peindrez un Mécéne, en peignant un Auguſte;
Et ſi de vos deſſeins il a fait le ſujet,
Il en ſera l'appuy, comme il en fut l'objet.
Sa gloire du Couchant juſqu'à l'Aube ſemée
Ouvre une ample carriére à voſtre renommée.
Les villes qu'il ſoûmet par tant d'heureux combats,
Aimeront ſon langage, en redoutant ſon bras:
Ce langage divin, dont les riches merveilles
Eclatent dans les fruits que produiſent vos veilles:
Ce langage poli, des Muſes le deſir,
Des plus illuſtres Cours l'étude & le plaiſir.
Cedez peuples de l'Arne, & vous peuples du Tage,
La langue de LOUIS *eſt celle de noſtre âge,*
Et ſon nom, qu'en tous lieux accompagne l'amour,
A l'Univers entier la doit apprendre un jour.

Ortus eſt Sol, & congregati ſunt. *Pſal. 103. 22.*

PRIÈRE POUR LE ROY.

LOUIS, *ce riche don que les Cieux nous ont fait,*
Ce guerrier si fameux du Midy jusqu'à l'Ourse,
Qui chargé de lauriers, de gloire satisfait,
Doit remonter un jour à sa divine source:

François, nous le voyons ce Héros si parfait.
Mais quand il finira sa glorieuse course,
Lors que les Cieux voudront retirer leur bienfait,
Songeons que pour le suivre il n'est qu'une ressource.

Si nous perdons le Ciel d'un faux bien éblouïs,
Nous perdons pour jamais la trace de LOUIS;
Le Ciel en est le terme, ainsi que l'origine.

Que la terre pourtant le possede à loisir;
Et comme sa bonté, son courage & sa mine,
Que le cours de ses ans comble nostre désir.

Permis d'imprimer. Fait le 7. de Septembre 1673.
Signé, DE LA REYNIE.

www.ingramcontent.com/pod-product-compliance
Ingram Content Group UK Ltd.
Pitfield, Milton Keynes, MK11 3LW, UK
UKHW020553230726
13925UKWH00006B/2580

9 782019 280994